U0059089

鄭 南 川 詩 歌

隨落的褲襠

洛夫夫婦和鄭南川2016年7月在溫哥華留影

瘂弦和鄭南川2016年7月在溫哥華留影

鄭南川在加拿大蒙特利爾2016年夏季狂歡節留影

鄭南川2016年12月生活照

引言

　　聯繫加拿大文學史，不禁發現，鄭南川的「草根詩作」，在無意間竟然接上早年蒙特利爾的現代主義詩歌運動。20世紀20至30年代，J.M.史密斯（J.M.Smith）、弗蘭克·斯科特（Frank Scott）兩位學者兼詩人在蒙特利爾掀起了「新詩運動」，即「突破維多利亞式傳統詩歌的束縛，將20世紀全球主義的觀點引進自己和他人的作品」，接受歐美「意象派」和「象徵主義」，提倡詩歌的口語化和平民化，產生了像亞伯拉罕·克萊因（Abraham Klein）、利奧·甘迺迪、歐文·萊頓（Irving Layton）、里奧那多·科漢（Leonard Cohen）等一批優秀的加拿大現代派詩人。這場蒙特利爾詩歌運動的餘波流衍，波及加拿大全國，至今猶存。1985年榮膺加拿大最高文學獎總督獎的華裔老詩人弗萊德·華（Fred Wah）就是這一詩歌運動自覺的發展者和實踐者，而鄭南川則不自覺地延續著蒙特利爾詩歌運動，並賦予其鮮活的時代特徵，體現出華裔新移民在多元化法裔環境中的精神風貌。弗萊德·華用的是英語，夾雜著廣東話；鄭南川用的是漢語普通話，夾雜著英語和法語。弗萊德·華聚焦的是自己家族在加拿大小鎮開餐館的點點滴滴，鄭南川描繪的是自己在加拿大城市的立足感受，以及其他族裔移民的生存狀態。弗萊德·華主訴的是早年華裔移民的

謀生和融入的艱難；鄭南川記錄的是新移民昂揚的奮鬥和融入
的成功。

摘自《論鄭南川在魁北克的草根寫作》

（《華文文學》，2014年第1期）

自序

　　在加拿大生活近三十年了，我的詩就在這幾十年中成長。自由，美麗，乾淨和自然的生活環境，給了我無限的真情，草根式的「自然寫作」，是本人詩歌的特徵，也是我的整個詩觀。我寫詩就如同生活，輕快，直白和隨意，情不自禁，落筆成心。

　　詩歌對於我來說，也是生命中精神生活的暢想，我關注人性本質和這個世界純粹的愛與恨，試圖講述和表達這些愛與恨的認識和批判，寫出了我對人性世界的質疑和思考，尋找人們精神世界的共同嚮往。我的詩宣導現實主義，反對虛無和空泛的詩風，追求內容的思想性和批評精神。《墮落的褲襠》詩集，正好表達了我的思想，體現出詩歌的這一風格。

　　我寫詩不計較唯美主義的詩境界，提倡語言的生活化，簡單化，大眾化，用意象的表達，突顯詩歌的內涵和靈魂價值。

8　墮落_的褲襠

墮落的褲襠 CONTENT

顛覆

小吧裡享受一杯咖啡，一隻蒼蠅
落在桌上，這和周圍的環境有關
如果爬在杯子口上，這和你的心情有關
如果站起來想趕走牠，這和小吧的社會關係有關
如果吧主用餐巾把牠推出去
給你一個笑臉
顯然與他和蒼蠅的同謀有關
如果你把牠留在桌上，甚至讓牠
坐在杯口上和你交談
再用放大鏡細看牠
精美的身子。一衝動
連同咖啡一起喝到肚裡
然後打一個嗝，微笑地走出吧門
這肯定與愛和顛覆世俗有關
如果你再把事情說給
所有的人聽
這就會和革命有關
你的名字會與暴紅，流行語
潮流，叛離，前衛，達人，境界，英雄
和瘋子有關

脾氣的成長 （其一）

媽媽說，我生下來沒有脾氣
連一聲也不吭，醫生輕拍了一下才打出一個嗝
一股清純的乳味
後來我長大了幾歲，一隻鳥站在窗前
對著我叫，叫來了一場暴雨天都變色了
我用彈弓打死了牠，從此，我記憶中有了脾氣
比如，不喜歡人家表揚，說我很乖
我說，乖啥，聽你的，我不喜歡人家議論
說那人沒出息，我說
出息上能長出幾根毛，就喜歡有脾氣的人
倔的棍子，彎著也撐著一個人
不聽話的貓，孤獨才是我
你再嘰嘰喳喳，別說我是另類
會犯毛病，像個持不同政見者，精神病患者
和你的敵人

脾氣的成長（其二）

　　你說天生會過敏。這麼煩
　　能吃魚嗎，不，絕對不能
　　我是魚的孫子，不吃同類
　　我也要海，像祖父，在大海中才算自由
　　做睜著眼的魚

地球的聯想

拿起雞蛋。一個地球
科學家說過，它是橢圓的
所有人都在享用它
早晨放在餐桌上，那麼陽光
孩提畫筆下小小的太陽
外婆說，出門帶上比什麼都頂用
把它高高舉起，不小心，落在地上
啪的一聲，一顆炸彈
你看到了地球的內臟了麼。還是
未來的地圖
母雞說，這毀了我的子孫後代

思想者

思考的時候。你說
握住拳頭頂住下巴，這是
沉思的脊梁，精神的雕鑿
一個思想者的風範
我無法做到
請讓我抓住頭髮，變成
一個雞窩，喊出，媽的
最好是一幅圖

貧窮的遺傳是這樣的

你對他說話，聲音很小
仰著頭的聲音很矮
那麼質樸，那麼單薄，你說是這樣的
母親也這樣，聲音像條蟲
聽不見的時候就自己聽，哭泣的蚊子。就是這樣
真的，爺爺也這樣
因為是男人，聲音粗俗些，聽著悲切
在土地上耕作的牛。是這樣
家門前那梨樹也這樣
梨子不大，帶著幾分苦氣
個頭不過男人的兩個睪丸。真的
村子的土地也是這樣
碎石板長在地上，太陽的屁股
女人不敢坐，太燙，全跑了。真的
男人找不到老婆，確實是這樣的
貧窮的遺傳就這樣，弱小群體也遺傳
遺傳成裸
如果，再打開母親的心
肯定有兒子的憨笑在跳
灶火的炊煙，也會飄散了。就是這樣的

父親的肩膀也這樣
一棵山頭的大樹，收成幾筐果子，有幾個錢
他的脊梁頂著，還有他的笑聲。就是這樣的
村子的房屋也這樣，只看見木頭和山草，沒有遺產
有人，是土地的那個主人，皮膚和土地一個顏色
真的，確實這樣。肉體和精神遺傳就這樣
山寨也遺傳。遺傳成真實的百姓

攝像頭下的那個人

他突然發現自己站在攝像頭下面
於是，不自然地走了幾步
把手悄悄地從口袋裡伸出，看看空蕩的手。抬起頭
窺視了一下鏡頭，趕快低下了頭，不對啊
他想到一個偷竊者的表情，接著挺了挺身子
這算什麼。對著攝像鏡頭，他仰頭大罵到
媽的，你在幹嘛

那隻鴿子

下雨了，那隻鴿子棲落在窗台上
很多年前，牠的新生兒
曾是我和發小們的滋補品
現在看著牠疲憊的身子
我的記憶，模糊在落雨中
如果今天的懺悔，能讓過去忘卻
請讓我對牠說聲道歉

關於狗的那泡尿

你以為，匆忙跑出門的愛犬
是為了牠憋著的那泡尿嗎，那你想錯了
牠的想法遠比這更高大
愛犬一直惦記著
樹下佔據的那塊地盤
牠在想，如果，有一天主人失去了家
可以到那裡生息，這個想法
成了世代狗家族的堅定理念

老樹

爺爺的爺爺
的爺爺種下的一棵樹
到爺爺時，樹已經成了一個椿子
和爺爺立下的碑
前些時候下面突然發出芽來
奶奶說，轉世走錯了門
村民燒香祈禱仙靈保佑
一個研究者興奮不已
設立生命永恆課題
有的人說，可能與氣候變化有關
孩子們也問，這是它的孩子嗎
來了一個幹部，讓推土機把樹根鏟了，說了一句
別相信迷信
樹根搬走了，它知道，自己沒死

口水

他使勁地含著一根冰棒
吸出了聲音，落下幾滴水
他不知道在想什麼
對面長椅上，那對情侶在笑
他們在使勁的親吻
傳出叭叭的聲音
冰棒在滴水
滴著堅硬地口水，帶著顏色

偷情

月亮總是每天的月亮
有時殘缺了愛，只留著
黯然的目光
星星問它，你想知道
什麼是偷情嗎，哦
或許，是城市燈火風情萬種
路邊爬過的小蟲
那裡，一顆流星突然飛過
哇，那麼酷，消失在城市的一角

你的笑臉

那張笑臉的照片，有些時間了
就留在客廳的茶几上
她對著來訪朋友微笑
對我，笑得更甜
前些天好像少了什麼
從廢紙箱裡翻出了她的臉
打掃衛生忽略了她的存在
沒想到，她對我還是笑得很甜
鼻子一酸，趕快把她放到床前
時光還在啊
睜眼和閉眼都能看到
我多害怕那個笑臉
在我身邊消失

情緒

相對而坐，他盯著我問那個問題
我羞怯的低下了頭，看見他的腿在不停顫動
點著時刻，有規律地點著
他又問我那個問題，腳尖踮了起來
像套上了高跟鞋，像發報機發報，像在打字記錄
不一會另一條腿也顫動起來
像在電腦鍵盤上打字，在審問一個囚犯
他還是問我那個問題
我看著那兩條腿，聽見我的心也跳了起來
跳得噗噗響，落音，合拍在他的腳尖上
我想回答那個問題，又不知道如何回答
我剛抬起了頭
他又提到那個問題
我的腿也顫動了起來，不過，不是在打鍵盤
而是一個狼狽的囚犯，全身在哆嗦
他最後問我了一遍那個問題
我顫抖的心跳出了嘴巴，舌頭也在顫抖，無法說話
我的腿在趕著他打字的頻率，無法控制
他還想再問我那個問題
我已經癱軟在地上，只在想鍵盤上肯定打下了幾個字
現在可以確定，是誰

你笑什麼

她對著我笑
我也對她笑了
她還對著我笑
我還是客氣地笑了
她問我笑什麼
我說你笑什麼
她說我不知道
我說我更不知道
她說怎麼那麼開心
我說怎麼那麼情不自禁
她說笑的時候什麼也沒想
我說笑的時候就只知道快樂
她說生活該這樣多好
我說還繼續笑嗎
她開始大笑
我開始抱起肚子笑
她笑得眼淚直流
我笑得坐在地上
我們笑到發不出聲音
抬起頭才看見
太陽也在對著我們笑

在上班的地鐵裡

緊閉的雙眼，無法抵禦困乏
頭掛在脖子上，滴答著分秒的嘩啦聲
刷盤子的轟鳴，催眠了好累的心
這是我的一場夢
床邊那顆安眠藥，怎麼毫無意義
只聽見有人叫喊
這工錢你還要摳
一個盤子使勁砸在地上
驚醒來
眼前站著笑臉的老闆
他在說，你好福氣，還找到一個位子

愛情酒

誰說喝酒就一定是那個鬼
我們的第一次上床是因為喝了
就出格了。心跳得提起褲子
她說因為喝了
我說因為喝多了
因為喝了，一輩子，都記住了那次
她說那次怎麼醉了
我說那次真醉了
見面時就想喝一點，一點
她說喝一點就不怕了
不怕了什麼，哦，不怕害羞，不怕你笑
不怕人家說，不怕不愛了
把酒放在床前，我說，妹子
嗯，哥你先喝，我跟著你
我使勁喝了。哥，等等讓我也喝
喝一點，心好跳啊，我們好愛
因為，喝了

討錢的女人

那女人站在酒吧門口
門是她的身子，我只好對著
身子笑。她說
能給一點錢嗎，需要買瓶酒
因為需要錢買酒，是嗎，我問
她說，不是
是補償精神和虛脫的愛
請給一點愛心，就一瓶酒
她讓開了門道
店主多收了一瓶酒錢
等我回過身來，門又成了她的身子
一個男人正和她談話

搶竊者

那人對店主說，我搶過你家的店
那時只是衝動，現在我已經改變了
店主說，那時我也太大意，現在
當然知道該怎麼做了
第二天那人來了
店主盯住了他的眼睛
那幾天他天天都來，他說我又來了
店主不知道再看他哪裡
他的一隻手在褲包裡，一個蒸熟的饅頭
店主只好看看鏡子裡的自己
看看窗外，看看四周，看看錢櫃
突然看看電話，拿起來
員警問出什麼事了
店主說，有竊賊進來
在幹什麼
他拿了一袋麵包向我走來
電話「唞」地斷了。那人問
麵包多少錢

滿足

你舉一個例子，什麼叫滿足
一間狹窄的小屋
一張桌子，一個單床和兩個人
為什麼要多一個人
因為要傾訴，要鼓勵，要有愛
要有活下去的荷爾蒙
用身子緊貼著做愛
這樣，才有希望，才有精神，才用勇氣
為了卑微的生命
才可以滿足

蜘蛛是大腦的「爸爸」

我從媽肚子裡出來，就知道
大腦就是一個網，之前
在超聲波裡偷看過，蜘蛛操縱著腦袋
是一個爸爸
那天，一個蒼蠅飛過來
大腦擋住了去路
牠說，你不怕我把細菌傳給你
我想了想說
不怕，飢餓的爸爸
正等著你

您

我對那個人說
你好，她沒理我
我趕緊說，您好
她說，這有什麼區別
我說讓「你」站在我的「心」上（您的組合如是）
她說，你的心是什麼做的
我說，當然不是豆腐做的
她說，有價值嗎
我說，是無以倫比的金子
心，都給你踩著了

告別

就這樣不幸，傳出了她的噩耗
都記得她的笑臉，還有她燒烤的肉串
告別通知發下之後
有人說，要去送上一程
小陳沉默著沒有吭聲
她很同情，可心裡的事太多
真的，還有那個盆大的孩子
整天糾纏不休
大浩歎著氣，真不幸啊，多好的女人
在群裡說了句話：一路走好
老張本來就不愛吭聲
總是低著個頭
走的人比他年輕很多
最後，還是沒說出話來
他也想了一陣子，人生就這麼一次離開
總該送她
可是一直猶豫，去吧，還是不去
告別那天下起了大雨，雷電不停
看到幾個跟隨的黑傘
像是撐著失落的黑夜

三十歲那一年

記得三十歲的那一天
穿上了紅外套，連短褲也紅了
我出生在加拿大
姥姥說，就算生在北極，這一年也得紅一紅
因為咱是中國人
半信半疑，我盯著她，滿是皺紋的臉
那一年，我果真討上了媳婦，做了爸爸
當了小主管，肚子豐滿了，性欲比情緒還高
我常常進出唐人街，看紅牌坊，給琳達買紅旗袍
有一次聽到唱紅歌，北京有個天安門
知道那裡有堵大紅牆
眼裡跳出姥姥的臉，我說咱是中國人
三十歲過了第一天
粉絲都說紅過了頭，生活總要換個色
我想，自己也算加拿大的中國人
和中國人的加拿大
於是，換了新潮服
家裡的姥姥沒吭聲
可惜那一年，工作電腦老出事
岔子多了，還點上了煙

做一場愛也虛汗流

還是，一個孩子的爸爸，毫無級別上升

終於那天去了唐人街

說是好好吃頓家鄉餃

結果進嘴的卻是越南粉

那年，我家的姥姥也走了

像框上還掛著她滿是皺紋的臉

我發現，我這個加拿大中國人

生活的有點莫名其妙

莫名其妙的我，也多了幾分莫名其妙的新感覺

琳達說是太困惑，問我離婚嗎

那年我成了單身漢

我把兒子爭到了手，母親堅定的喊著

兒子，一定是你的

我和我小時候的一次對話

那天，我問我小時候
你去偷人家窩裡的鴿子，想的什麼
他說，我媽說過很補身子
我決定殺了牠做湯
給病重的媽媽吃
他問我，你現在如何評價這件事
我說，這是多麼缺德
鴿子象徵著和平與友愛
怎麼能殺
再說，牠在街頭巷尾什麼都吃
不怕傳染病嗎

聽到一個死去人的歌唱

我確信
可以聽到一個死去人的歌唱
肯定不在墓地
不在回憶中
也不在夢裡
因為他說過
自己的一生是隻鳥
生死都是歌唱
你確信
在自然裡也聽到了嗎

童年的小巷

童年的家在一個小小的巷裡
土磚的牆邊有一個路燈
我和紐紐玩著「打死救活」
追趕著她身後長長的辮子
每天都聽到媽媽喊著回家吃飯
有一天郵差遞給一封信
從此，我離開了那個小小的地方
當我回頭告別時
只看見她一個人站在燈下

我的一生只有一個小小的巷子
一個門前的記憶和一個笑聲
每天在追趕著她長長的辮子

神這樣看著我

走進寺廟，面對神
我恭敬地磕了頭
拍下一張照片
有人喊著，不能拍照
我趕快把手機放到包裡
後來，我把祂帶到蒙特利爾
當我打開時
老外朋友看了一眼說
這是誰，怎麼這樣兇狠地看著我
不會吧，我仔細一看
祂確實睜著大眼在鄙視著
我趕快對朋友說，可能
祂不樂意出國

睜著眼的魚

香脆的大魚
躺在桌上的盤子裡
兒子說，牠還睜著眼
我說已經死了，聞到香味了
不，牠還看著我，真的
牠肯定想讓我把牠放回水中
我無法反對孩子的說法
牠確實睜著眼睛
兒子說，牠多像狗狗看著我
也是我的朋友

睡吧，天黑了

天黑了，必須睡覺
連鳥都不敢出聲
地球的哲學，敢說黑夜是可以抹白的
英雄可以頂住疲倦
一夜，兩天，一周
你的眼睛還會睜成陽光嗎，沒人相信
人，不過一個逗號
長成延長號，最終就句號了
在地球上是一點，一條蟲
一個看不見的跳蚤，能跳多高
睡吧，天黑了，這才是真理和你的每天
喧嘩不會出奇跡的
就是領袖，大師和神的牧師
又如何
必須躺下，睡吧，天黑了
每天，你必須和床報到，躺下
這就是你的毫無選擇
動物和人都一樣，肉體的規律
天黑了，鳥都不敢出聲
權力也罷，勢力如何，你又會怎樣

誰能抵禦夜晚
睡吧

懸念

那人在樓頂上走來走去
聽說是一位作家
總是這樣踱步思考
昨天七點有人墜樓
正是一場大雨
有人說她因為不幸滑倒
我一直擔心，這可能
與她的寫作故事情節有關
那部小說已經無法完成
她的死
也成了懸念

不相信太陽的時候

聽說太陽來了
我趕緊脫光寒冬的大衣
真想，曬紅這蒼白的身子
剛走出門，它突然翻臉
一場大雨，全身落淚
就這麼不理人意
我不再相信那個詞
太陽溫暖胸懷

打開自己

我想過這樣打開自己
一個人坐在無人的山頂上
連一根草也沒有，只有石子
打開一瓶可樂，冒出了汗
打開了鈕扣，把衣服打開
褲子也打開躺下
這是一個空白的身子
也是一個石塊
於是，傾聽山風，水嘯
最好石塊爆裂了
一隻山鷹踩過
把我的心悄悄地帶走

讀一本堅硬的書

在圖書館裡
我啃著一本外文版的厚書
堅硬難咽
突然，聽到喝湯的聲音
還散發著土雞的味道
抬頭，對面坐著一位洋女生
吸溜著鼻子
讀一本中國菜譜
書上，一碗雞湯麵
正對著她的臉盤
怎麼那麼香
她對我微微一笑，哦
她小聲說，我在做一碗
中國雞湯麵
不好意思，鼻子有點過敏

裸了，就有了問題

脫了，就裸了，就有了問題
比如，裸在街上
員警逮你，可以給你戴上手銬
質問這是在幹什麼
當然，就是把自己的真實敞開了
敞開了就不文明了
可能你的精神有毛病
乾脆在大浴室裡裸
就變成講究衛生了
都在洗掉肉體上的污泥
剩下柔軟的身體
留下窺視的眼睛，尋找純粹的欲望
叫做健康
如果裸在床上，做的是愛的功課
老師會提醒你，是戀人嗎
最好是夫妻，哦
這樣做，兩者都是可行的
是愛情
我要裸在海邊，像海水一樣
清澈透明，信仰者的夢

這是一種理念，還要有一點精神
像自然的動物一樣
你也質疑，正常嗎，難說是變態
乾脆就做古希臘的石雕
裸成米開朗基羅「垂死的奴隸」
用手撫摸著胸懷，胳膊支撐著腦袋
勇敢地站立著
雕塑下面刻上幾個字：「古文明的今天，2017年」
這樣的裸如何
美術老師肯定地說，很好的習作
裸了，就有了問題
就站在了人性的邊緣
由誰來說

女人走進了成人店

白天我看見一個女人
空手進了成人店
出門卻提著一包東西
夜裡我躺在床上無法入睡
想起女人的模樣
為包裡的東西犯愁
我第一次嚴肅地思考
女人與成人店的問題
她帶出的是什麼革命意識
裡面的東西
會給男人帶來
怎樣的機遇和挑戰

桃子就走了

三天前買回桃子
個大紅潤，留著細嫩的毫毛
今天就熟透了，長滿了斑點和創傷
它要走了
倒入垃圾，連品嘗的機會都沒有
昨天熬的肉湯
現在已經有了味
它要走了
沒有補上身子，連它自己也沒補上
又地震了，山腰折了，家門沖開了
人被帶走了，水還在流
那輛牛逼的轎車喝滿了水
一隻狗站在車頂成了標誌
只剩下那雙眼睛，淒涼的看著
世界到底
要走多快，我們
都是趕集的人嗎

拐棍

幾十年前精心留下的拐棍
就為眼下能用上
帶出去就丟了
靠在大樹下想，這棵比她還老的樹
沒有拐棍嗎，它彎著身子還頂著一家人
幾片落下的黃葉，被風甩打著
它們的拐棍呢
頭頂枝幹上一隻鳥跋拉著翅膀
閉著眼睛，那麼衰老
沒拐棍不怕摔下來麼
突然，一泡鳥屎掉在鞋上
她動了一下腿
好像拐棍就在身上
站起來邁了一步
她看見了，一雙腿

烏龜背上的偶然

池子裡，一泡鳥屎正好落在烏龜的背上
長出草苔，一個小小的島嶼
草蟲遷徙過來
一個新的國家
烏龜無法看清
上面發生了什麼，只感歎世界在變
草蟲們更不知道下面存在什麼
牠們發現了土地，生息著歷史
世界的存在就這樣偶然著
是烏龜背上的偶然

自殺

對著高樓的門舉起一把刀
問道，你愛我嗎。如果不是讓我去死
高樓木呆著。只有窗子睜著眼
掛滿美麗的花草
愛是石塊，水泥，還是那套房
心會變成磚頭是無疑的，磚頭
可以蓋起那間屋子
裝住一個身體，刀，也能變成石頭嗎
房子成為社會的情緒時
低頭在路邊的人如何喘息
那套房是愛，自殺，就是反叛的英雄
為不幸的愛去死，舉刀會有人笑話
更多的人在哭

詩人摔了一跤

路過那座大教堂的門前
那詩人摔了一跤
溫順的教徒說
詩人怎麼摔在這裡
他哭笑不得的說，啊
是詩歌摔倒了，我正讚美
一隻蝶和一支花併入洞房
物與人愛風情萬種
在莊重的教義面前
沒有站住啊

寵愛

買一隻小帥狗，摟著抱著
撫摸牠，親吻牠，寵愛牠，戀愛牠
時刻放在挎包裡，口袋裡，襯衣裡，被窩裡，心肝裡
每天，不忘拍照牠，吹噓牠，疼愛牠，讚美牠
小狗舔舔自己的身子，牠想
我是女人的豆腐嗎
誰來看家門

螞蟻的哲學

在地球上尋找一個螞蟻的心靈
或在螞蟻的心靈裡，尋找一個地球
顯然是毫無意義的
如同一腳踩死十個螞蟻
連感覺都沒有能聽到哭聲麼
地球上的螞蟻
是人類的千萬倍這是毫無疑義的
如同人類群族中的螞蟻，是群族的千萬倍一樣
他們扛大米撿破爛住蟻屋，能有幾多人關注
所以哲學的問題是，地球是誰的問題和誰是地球的
主人
顯然只有足夠的營養，讓螞蟻高大起來
人類才能看清自己的渺小，而且只是地球的少數
而人類群族螞蟻以外的人群，只是個別的個別
哲學的螞蟻，回答了一個關於宇宙的問題
地球的權利該屬於螞蟻，和螞蟻的同類

詩人的使命

熱火的詩人們把詩種在花園裡
等不得發芽，插上幾朵乾花
開始討論他們的使命

太陽如何升起，是詩句中最誘惑的字眼
顯然，詩人是種太陽的人。哦
把詩赤裸連同身子耕作，只留一條短褲
連生殖器也賦予時鐘的功能
刻骨。把皮膚曬成鱗片，脫落，黑過土地
流出油來。這是一種革命的詩
詩人不是文學家，不是天才，是旗幟
是一句話喚醒一個祖國

當有人懷疑
土地不是太陽的母親時，他們
發現詩歌正腐爛於土中。於是
責怪世道，為什麼沒有真正的詩人

是啊，李白就貪迷了酒，敗了
國家的使命。太陽算什麼，曬枯了

土地。給詩抹上防曬油吧，塗上白乳霜
細膩是詩，溫柔是詩，春天才是
真正的詩。祖國的春天
是溫柔的。詩人的使命是為春天
歌唱。一隻春鳥

彈弓

牧師說教，我正倒立在台後，看見
一個彈弓。前面是一群倒立的
腦袋。他們在說著相反的話，我發現
教士準備射出的石頭，已經
對準了他們的嘴

國際機場的廁所裡

清潔工等著來撒尿的，等著
有一點不乾淨的水落下
馬上掃掉。裡面聞到了香水味，連飯館裡
剩下的碗瓢都看不見。有人進來
反覆照著鏡子，喝著一杯咖啡，一個男人
還啃著漢堡
那小孩問父親在這裡可以讀書嗎
當然，只是少了凳子。
這裡到底是幹什麼的，清潔工說
世界文明最接軌的地方
國際之窗

那棵樹已經枯裸了

幾天不見，莊稼地上的那棵樹
已經枯裸了。秋天還沒有離開，那邊
果園的果子還沒採完
爺爺低頭嘀咕著，它多孤獨，這麼
大一片土地只有它守著，風雨寒啊
只剩下幾片葉子在飄，是呼喚
它的孩子們嗎

巧合

小花園那麼乾淨，一塊
繡著花的手帕
老人拿著一個掃把
走來一對情人，丟下幾個瓜子殼
遊玩的逗號
她馬上掃了，還是一塊潔淨的帕子
又是一泡口痰
那男的尷尬地望著女孩
老人也愣在那裡
突然一隻鳥飛來，一塊屎
落在女孩肩上
她尖叫著，跑了
這麼巧合
口痰被太陽曬成了圈
像一個句號

脖子上的一根項鍊

在乳溝的出口處掛一塊石頭
仰著頭走進會所
絕對昂貴。誰敢不看
這是哪款的翡翠
還是玉藍。只有一個人明白
再掛一個雞蛋在胸前
顯然不會是雞蛋，那是奇玉
乾脆切片黃瓜
也掛上。誰會懷疑這樣的時髦
因為，正好掛在一個洋人的脖上

眼睛會有色盲歧視麼
追求的白癡

我決定掛一根繩，最珍貴的
項鍊。敢不敢相信
有人驚歎地問
這是什麼材料和風格
妒忌與憤怒的交融
如果，你敢在我面前顯耀

就拉緊它
看誰活得更虛榮和興奮

殺魚人的幸福

在魚店，殺魚人工資高於他人
叫做待遇
因為活兒辛苦，一身腥味難去
鑽進老婆的被窩裡，還像
一條睡著的魚
那男人白天幹活，就是
征服所有想超越自己的魚
晚上鑽進老婆身子裡
就想做最自由和勇敢的
那條鯨
老婆開始還嫌他
全身「工仔情緒」太「腥氣」
後來發現，脫了褲子
被窩裡那潭水沒魚
多沒意思，他多陽光活躍
夜裡，只要聞到腥味，就癢癢全身
想來想去
她肯定，這叫幸福

墮落的褲襠

你敢說進步不是墮落
舊世紀的人
褲襠是一堵牆，巴在胸前
腰是脖子的涼台
五零後褲襠落到肚臍眼
皮帶上掛著的碓涼
筆直的兩條線
走路都不會拐彎
八零前牛仔褲的墮落
積壓的屁股
變成了想像中的乳房
腰是它的脖子
九零後的褲襠在任其下滑
露出半個屁股，被內褲賣萌
腰是大腿上
捆著的皮帶。好酷
時代的自由落體

你敢說進步不是墮落
蘋果熟了。紅透了。香甜了

誘惑了。牛頓要它墮落
然後爛了。腐爛成泥
未來墮落的褲襠
還需要內褲麼

一個女人對一盆花的妒忌

傍晚，那個多情的女人
給那盆花澆水
埋怨還不開出花來
第二天大早，花開了很豔
她又不高興地說
昨夜有什麼豔遇
讓你天亮了還那麼風流

一個毛蟲的命運

　　一場大雨，把樹枝上那個毛蟲一股溜沖下
落在一塊石板上
牠知道，自己是海嘯的倖存者
毫不猶豫地選擇了地上的生活
突然有一塊石頭壓扁了牠
一個女人尖叫著，是她一腳踩下
毛蟲的命還是沒有保住
牠不會想到，牠的死那麼壯烈
引起過一個女人的恐慌

一個男子的祈禱

租屋透過小小鐵框的窗子，只能
看到遠處教堂的房頂，高蹺的頂端
一個男子拱手仰頭祈求
上帝啊，我那下垂的生殖器，何時
才能像你那樣自豪地頂立著
成為所有女人的仰望
做一個上帝的男人

男人和花蝶

在高樓的涼台上，那個
精裝職業男人
正看著下面來往的人群
品一口咖啡。突然
一隻漂亮的花蝶落在肩上
你怎麼飛得這麼高。為什麼
不在花園裡曬美呢
牠飛到耳邊吻了一下
癢癢的

在陽光升起的時候

在陽光升起的時候
伸開腿
坐在涼台上休閒
有一隻螞蟻
沿著大腿正往上爬
牠竟然鑽進了我的裙子
難道牠也有非份之想

難道——
這是多麼奇妙的登山運動
我笑了起來
感到癢癢的
癢癢的

厲害

狗也不理包子

我和小狗遛彎，路邊多了一家包子小店
比天津包子還精緻小巧。小狗
看了又搖起尾巴，價格一掃，我猜測
味道有點特色
那天買了一個讓小狗分享
牠一口吞下連聞都沒聞
第二天叫牠陪我走走。我說
咱們去吃包子。牠低垂著腦袋
睜開萎靡的眼睛看我一眼
又把頭插進了胳膊下面
我感到無比驚歎，為什麼
狗也不理包子

愛上香水還是假髮

那天，看見櫃檯前一個男人
抱著女人的頭。沒看見接吻，看見
吻著頭髮。商店招牌上寫著
「出售香水和假髮」
我一直在想，那男人
是愛上了女人的香水
還是頭髮

上帝在助產嗎

山上教堂的鐘聲
敲在烈日當頭的時辰
山下小屋情人的性趣高潮
正好掀叫在時鐘的十二點
一個過路人喊著
我的上帝，你在助產嗎

鞋的節日

就把鞋掛在門前，腳的帽子
請向它致敬。你肯定抬頭仰望
是奇怪，還是想顛覆禮貌
被踩的也有昂頭的時候
沾滿泥土的功績。地球上長出的
蘑菇名牌

城市中心也掛滿一排
不分香臭，絕對一景
放在樹上是豪華的鳥巢，如果
放在博物館，保留味道和塵垢
寫下一段記憶
就是豐碑。也算一代百姓的頌歌

床上的那條魚

翻個身，我想魚是怎樣愛慕
墊單蕩著波浪，魚的床該是如何
棉被包裹著欲望
水怎樣在誘惑
比如有一個女人，哦，美人魚
我睜著眼睛看你
魚從不閉上眼睛
那樣執著。趕緊抱住愛
你怎麼翻身游去，請不要離開
讓我走進你的身體
你是那條曖昧的魚麼

我是床上的魚，翻個身
摟住你。不，摟住我的心情
那麼孤獨。和你相伴哦
一個溫柔的枕頭

憤怒

你以為世界只有享用嗎
你在頭頂上抹上一層黑色
是在平復歲月的憤怒，撩起的白髮
一顆蠶豆在嘴裡成為石頭，是牙齒在憤怒
一個鈕扣掉下來是在憤怒
你敢忽略它，子彈打過來
就失去了一個護身牌
椅子的憤怒是激昂的，純粹的壓抑
把屁股放在馬桶上吧
尋找享用的紀元
苦難和承受奇特的臭味，是鞋子的憤怒
苦澀的情感
為什麼向上才是陽光的太陽
你歌頌面子，歌頌成就，歌頌名聲
和歌頌揚起風騷的頭
下面頂著你的姿態飛起
你敢顛覆承受的骨頭和拐棍嗎
請給椅子一個沙發，讓它享受
給鞋子撒上香水讓它芳香
平息憤怒的真理

那個人

每次見面，他總是說很好
然後，點起一支香煙
可以聽見她大吸一口的聲音
又看見吐出濃濃的煙霧
他開始笑一笑，又吸第二口
我說還好嗎，他吸下第三口
只剩下一個煙頭，丟在地上狠狠踩下
他說，好好。還好

超市裡的那個大媽

大媽逛超市，拿一個葡萄放嘴裡
店員看她一眼
她對著人家說，那麼酸
又吃一個櫻桃，旁邊的男人
笑了笑
她擠著眼地喊著，那麼甜
買一棵白菜，剝了又剝
不停的叨叨
買的就是這個白臉
付錢還不忘拿一顆糖
邊吃邊說，甜甜我的嘴
好表揚
你們的服務

跳蚤和人

懷念一個想登天的人，才會理解
跳蚤的理想，牠的天空如此之大
而人卻被牠看的如此之小
跳蚤很少譏笑人類，因為一個人
就是牠的一個地球
站著，是一個地球的喜馬拉雅山
躺下，是一個地球的萬里長城

牠嚮往著超越地球
當人坐著，牠跳過大腿
站起來時，牠超越頭頂
如果人站在台階上
牠就跳過石台，站在人的上面
牠在想，台階以外是外星麼

醉者

已過午夜
他從酒吧出來
用腳編織著一根麻繩，喊著
不要捆住我的脖子，我不想死
有人看到，是尿畫出的一條小路
消失在那個巷口

思想

貓對魚的興趣在於
魚缸世界的自由，腿在哪裡，有一條船麼
如果也想跳進去
嬰兒躺在母親的懷裡反覆想
自己是需要奶，還是母親的需要
如果我不想生出來
太陽擔心猝死的後果。起搏器能維持多久
生活在黑暗裡的人，或許會想到感恩
如果他們救活我
宇宙的媽媽不懂
那麼多生活在地球上的上帝
為什麼要征服火星，讓自己成為火星的爸爸
如果燒死了更好
一個農夫吃過燒烤的玉米，光著身子
躺在地裡突然看到
他的土地這樣碧藍和遼闊
自己竟然是一個國王
一個思想者站起來拍拍屁股，一個圓形
他發現，原來我們是坐在地球上生活
如果忽略了它，屁股放到哪裡
如果要想休息

觸摸

我肯定人體的思想就是觸摸
躺在床上，觸摸著溫柔的睡眠
坐在烈日的石頭上，屁股
觸摸著太陽的暗算
和一個女人牽手
觸摸是一股電流上下顫抖
而一個女人可以觸摸寶馬，會發現愛情
如果觸摸一堆黃金，腦袋絕對產生空白
後來想到手銬
如果飄在天上
觸摸的是一片雲。超脫
我更想落在地上的一個幼稚園
觸摸孩子的心，變成一個孩子

愛的自由

男人對乳房的想念，算愛
也只是性感悟的天性
坐在屋頂戀愛著太陽，仰望的火熱是愛
風箏把我掛在樹枝上，和一隻小鳥接吻是愛
稻草上一堆牛糞長出
一朵鮮豔的花，哦，我的愛
蘋果為什麼和梨的嫁接是愛
懷念一條魚的耳朵，是深深的愛
愛上心疼的椅子，讓它坐在我的頭上也是愛
有人愛上一張票子，有個毛主席
慈祥的臉，看著他數錢，那是真愛
我愛上一首詩，從感覺到高潮
抒發詩情的做愛是純純的愛
世界的空氣裡，有一種東西屬於你
愛的自由

學著李白作詩

詩人小琴給詩戴頂草帽，在高鼻子的墨鏡下
戀愛藍色的海洋。男人的肚皮上長出青草，她躺在
上面
做夢也誦讀春天
愛在嘴被啃後變成美麗。小琴的詩總有
一片草地，一個山坡，正是他
大大的肚子和高起的鼻子

那天男人喝起卡哩可白酒，手摸著那幾根鬍鬚
斷言。中國的李白不是酒後有詩，而是詩在
酒中。小琴趕快喝了幾口。在山坡下醉入陰洞

春天過了，墨鏡不再需要。男人肚皮上的茅草
依然茂盛，成了一片黃毛。他仍期待姑娘
有詩，還留在春天

那頂詩的草帽已經丟失了季節。小琴學會了
李白寫詩，常常詩落紙上醉成秋雨

男人還在喝卡哩可白酒，他開始研究李白酒後的
情欲關係。小琴也在尋找李白酒後的
浪漫姿態，她不懂為什麼欲和情可以分開

編辮子的女孩

她在編織著一條美麗的項鍊
甩在年輕的胸前。聽老爺爺說，百年前
他也編織過辮子，是一根
套在脖子上的麻繩

她的臉

她對著我笑，是一幅圖
是小說中虛構的那個人物，不在
現實中。拿起手機想拍，有個留言

誰還惦記著你，我說
不是愛情。那圖的眼睛裡掉下
幾滴淚。我只好關了手機，螢幕上
留著幾個字：對你笑一下

我突然懷念一個臉，在現實中
對著我笑的那個

印象

花開放的地方不是冬天
冬寒屋裡的花，是因為夏天在家裡
四季夏日的地方是花店，老闆該是個女人，也是花
如果穿上花格子衣服，就是花中的蝶

一個買花的人進花店與心情有關
看見花的心情與精神有關
如果把花放在床邊，與愛有關
擺在廁所與感覺有關
把它種在院子裡與生活情趣有關
如果送給一個女人與欲望有關，而女人
接到花時的心情與虛榮有關

如果爸爸突然想起買一束花送給媽媽
這與感情「情況」有關
女人送花給男人與常規無關，但與「奇怪」有關

如果把花送給自己與關愛有關
再把它想作春天與希望有關
如果要把地球插滿鮮花與夢想有關

每一個人的夢想都與生命的意義有關
而生命意義與每天的勞作
直接相關

一隻鳥的智慧

春天的一隻鳥
在樹上咬掉了一根新芽，低頭一看
落地的新芽是一根長出的草
牠在想，難道
草是這樣種出來的嗎

鳥窩的一把傘

我還是
爸爸懷中一隻小鳥的
時候，他告訴我下雨的時候
樹上的鳥窩都有一把傘
牠們是不會淋濕的

如今，我已經是
小鳥的爺爺，從來沒有見過
那把傘。真想下雨的時候
躲進鳥窩，看看它的樣子

貓為什麼把老鼠請來

剛把魚燉上，就看見涼台上來了一隻貓
牠盯著我看，要我表態是否讓牠進來
我沒搭理。牠就站在門外
這時跟著來了一隻老鼠
就在牠的眼下走過
家裡從來沒有老鼠，我被
嚇了一跳。那貓只是看了一眼
接著趴在地上
我感到氣憤，貓連老鼠都不管
還把牠請來。我已經無法理解
眼前的現實。就算請你吃魚宴
你總不應該把老鼠請到我家

我很想把貓趕走，可惜
牠厚著臉皮，已經坐在了客廳的沙發上

黃昏的落葉

黃昏一陣風，幾隻小鳥
飛過，幾片落葉也追逐飛去
牠們在嬉鬧麼
我聽見一個老人說
別打擾牠們，那落葉多麼寂寞

初冬的一隻小鳥

初冬，剛飄過一場小雪
我走過一棵樹
幾根乾枯的細枝落下。抬起頭
沒有看見風吹，發現一隻小鳥在樹上亂竄
我想，這是一隻孤獨的小鳥
牠正在尋找丟失的家。心裡留著幾分憐憫
我向牠微笑地招招手，突然
一個東西打落在我的臉上
用手去摸，原來是牠拉下的大便

安全套

童年在父親的抽屜裡發現過套子
柔軟地躺在嬰兒粉盒裡
洗澡後他把粉撒在我身上
我猜想那圈圈該撒在什麼地方
中學時偷了一個放在枕下共眠
據說夢中會與女孩相見
後來靦腆不敢去買
戀愛時只能使勁親嘴，用力擁抱
結婚才知道與計畫生育有關
每個夫妻必須保持隔離帶
二零年代後我被開放
吧裡偷著和女孩接吻，她送我一個
還說帶著櫻桃香味
牽手讓我只付開房小費

這幾年廁所鏡前掛滿彩色吊環*
免費請你自選。街頭流傳革命口號
請戴上安全套
和情人要戴，和同志要戴，和愛人也要戴
不是避免孩子再生，而是感情氾濫，疾病流傳

你敢說老公安全
世界的首腦說話都戴「安全套」
保持隔離避免侵犯，老百姓更離不開它
當今的時代
誰相信誰都成了怪事

*加拿大一些娛樂場所的廁所裡，放著免費的安全套。

無題

　　那個人，搶著喝下嬰兒的尿
　　笑成孩子樣。我猜測補了童心
　　媽媽要孩子喝奶，孩子想
　　肯定自己的臉白了
　　因為尿已無色
　　中國的媽媽要他們（她們）皮膚白，也叫成長
　　魔術師說，喝了白漆
　　尿不變色，他都無法破解，純粹的白
　　有思想者發現，成長與白毫無關係
　　搶喝酒的紅著臉開房
　　吸煙者，點著煙頭就為燒短了年華
　　愛毒人多麼執著，咬掉媽媽的乳頭，就為葬送生命
　　你相信尿麼
　　他喝下嬰兒的尿憧憬著大補時
　　嬰兒困惑地問
　　這個世界，我該如何長大

新女房東

那女人出國就買了房
做了房主
為了過得更好
她一般不買國外的服裝
不下國外的飯店
不看國外的電影
不買國外的龍蝦
住屋分塊與中國人分享
方便大家自己不方便
情有可原，只是
冬天提供暖氣有限
夏天不接受提供冷氣
客房可以有燈一盞
睡房暫停用電
當然，網路大家分享
住在家裡總該有點貢獻
都說房東挺有錢的
怎麼這個樣子

她說，你該明白啊
咱生活在人家土地上
該有多大的
風險，萬一三長兩短
國家福利不是……
這就不說了，總之
我們中國人，不，也不是……
是咱的習慣

流行

這幾年有幾根毛髮流行
說屄也不怕俗
自謂寒酸，因為土豪一泡尿
成了牛逼，牛的無語
在女人陰處找事，屌絲有根
不接地氣。流行牢騷

這兩天流行看足球，不看中國
因為中國保持不出面
正好譏笑歐美多變的苦臉

昨天中國流行敲門我家
威廉正住在北美流行裡
臉書玩弄著足球笑話，屋裡
流行笑聲。一個男人和他的女人
一杯啤酒和一塊披薩
家居簡單的只看見牆壁的藍色
窗外的空氣流行串門
連威廉的頭也簡單成一個足球
草都沒長。他站起來

握手流行，開口變成一笑
正好一道光走過
他說，這裡流行自樂

等候就診

我等在病房門口
我等得胸悶心急
上面寫著「心理治療科」
我需要治療心理
沒有等來醫生，等來了
一個老人。她說得了眼疾
我說這裡治療的是心理
她說因為心理問題，眼淚
總是流個不停
又等來了一個孩子，還帶著一條小狗
我說請不要在這裡玩耍
他說小狗脾氣很大
媽媽說
因為我心理出了毛病
讓牠很不高興
終於等來了醫生。只見
他匆匆進來，又慌忙出去
我說，請解決一下
我面臨的問題。病得很不輕
醫生說，現在我非常著急

正擔心假日泡湯了
我的心理需要立刻休息
我聽了感到不知所措
眼一花摔倒在地

我看見一個老人的嘴

在地鐵裡，我發現了
一個老人的嘴
那嘴在不停地嚼，在嚼
一塊堅硬的東西，一直在嚼
嚼得已經看不見牙齒
連那塊堅硬的東西
也看不見了，他還在嚼
嚼得只剩下兩個嘴皮，兩個嘴皮
在打架，像在述說
他在嚼時光，嚼地鐵的輪子
嚼頭髮，嚼著他一臉的
皺紋

翅膀

翅膀在
那天的記憶中飛起
我正扯著一個風箏奔跑
它和風深戀著，是一顆
無法收回的心
翅膀該是那個風箏
突然間，它跌倒在樹丫上
帶著一場大雨，我才發現
消失了翅膀，連同飛去的風箏
變成了一堆淋濕的稻草
拾起一根草
它比劃著說：翅膀是飛的
飛起的翅膀也會摔倒
因為有風，有雨，有棵樹
我沒有忘記，那堆
淋濕稻草的模樣

一個蘋果

拿起一個蘋果，一個圓圓的蘋果
一個綠色而明亮的蘋果
它如同一個地球
被控制在我的手中
如果我放手讓它落下，就會摔的粉碎
如果我咬上一口，就會殘缺無幾
上帝手下的世界，竟然如此無助
如果把它放在桌上，它會慢慢變紅，帶來芳香
如果把它記憶在心中，它是心臟的一半，留著紅紅的
笑臉
如果我是上帝，就把它種在土地上，讓地球長滿果實
如果有一天，它衰老墜落入土中
就給它立一個墓碑寫下這樣的文字
地球就是一個蘋果
蘋果的生命，就是這樣脆弱

上帝和一顆米

我最大的才能，就是善於
思考一些細小的問題
為什麼一顆小小的米，不能站立
為什麼一滴香油，落在湯裡，碰撞不出愛情
為什麼白糖，總是善用甜蜜的手腕
為什麼食鹽，掌握著殺菌的能力
研究的結果，讓我大吃一驚
一顆米的境界，遠高於其他
它沒有任何誘惑人的能力
儘管它很瘦弱，甚至無力挺立
但卻頂住了人類的生活
讓我們高高地站起
只是我們把它吃了，飽了肚子
卻把它完全忽略
我的研究結果，證明了一個真理
人類真正的上帝
不在天上而是在地下
是土地裡，長出的一顆小米

他低頭走在廣場上

他走在大廣場上
大廣場上什麼都有
他不買東西，只是低頭走
他在找一樣東西，一樣急切的東西
這東西讓他無法抬頭
地上有些石頭，爬行的蟲子
有很多廢紙
廢紙上寫滿了文字
跟地上的蟲子一樣到處亂爬
他撿起來讀了又讀，讀它們的心
讀它們的顏色和讀它們的高矮
他突然走得很快
因為地上有兩支高跟鞋在走，他想跟上
結果丟掉了兩支高跟
眼前是一個乞討孩子的小碗
他站在碗前很長時間
盯著裡面的硬幣
像是計算著數額
一個硬幣落進了碗中
響聲點醒了他的腳步

他的頭仍然低著，低著頭走
一個垃圾箱擋住了去路
正好他想要讓它擋住
裡面的東西很多
他已經看不見東西
只看見很多蟲子，如同
紙上爬的那些
他最後發現一個飯盒，白白的
飯盒上沒有寫字，他笑了笑
放進了包裡
廣場變得越來越大
他從白天走到夜晚
他在找一樣東西，沒有
人知道的東西

「演說家」

他坐在吧裡，用酒精澆灌
心裡的煩惱
讓自己成為一名「演說家」
他舉著杯子，要對崇拜者們演講
昏暗的屋子，把他和外面
隔開，只有一個
狹窄的天花板在候聽
於是，他衝出門外
對著街頭大喊大叫
面對向他走來的幾個員警
他以為，是崇拜者們，正向他湧來
舉起酒杯，他像領袖
衝過去，緊緊地把他們抱住

聖凱薩琳大街的乳房

聖凱薩琳大街*
六月的流行語是女人
女人的關鍵字是乳房
六月的乳房沒有掛在女人的背心裡
掛在樹蔭的枝條上，櫥窗的陽光中，廣告的
彩圖上和男人的眼珠裡
酒吧的美女把酒放在桌上時，把乳房
正好架在男人的鼻梁上
喝了酒的男人，悄悄地伸出舌頭
只能按在鼻尖上
到大街去的男人心上有條蟲，癢癢的，抓不到
就往那裡跑。連男士的小狗
也抬著頭盯著高傲的女士
從高跟鞋的味道中，嘗到了天津的包子香
到大街的女人仰著頭，太陽正向她求愛
就把乳房當成蜜胡桃掛在路窗前和太陽品嘗
六月的聖凱薩琳大街在浪漫著法蘭西
法蘭西的女人是遛狗的主人，男人
是一隻被遛的狗

*聖凱薩琳大街是蒙特利爾城市中心的主要街道。

五月的某一天
——寫給蒙特利爾

一早太陽的孩子們
就從門縫鑽進來，我感覺
棉被上的繡花開放了
有鳥嘰叫的聲音
它們還在玩耍
查看微信有一條信息
從城邊走過來一個冬天
冰凌正好打在
一個產婦的肚子上
預產期為此推遲了

生活不舒適

這幢昂貴的新婚大樓
剛建起，住滿了
一對對帥哥美女
昨天聽說有人從樓頂
跳了下來，據說
對生活不適應
今天樓裡出現驚慌
人們議論紛紛
如果這樣，我們還能繼續
住下去嗎

誤解了白天

不要以為發明了燈泡
才把黑夜照明
那些辣椒，茄子，番茄蔬菜
和奇花異色，早就
把白天照成光彩，你以為
白天就光明麼，只是太陽做戲
壯了你的膽，黑夜的太陽
多膽小
留下人生的噩夢

有一種臉

一張紙多無聊，那麼蒼白
當然，變成印象派更好
皺紋的藝術腦袋
長出油墨的色彩，我懂得
那圖該是什麼味道
最好，給我所有的顏色
潑灑在紙上，一個落地的生雞蛋
你看懂了嗎
這是什麼表情

讀一個身子

在一間空屋子裡沒有床，桌子，電視，甚至
沒有坐的凳子
也沒有穿衣服，褲子，鞋子，甚至
內褲也沒穿，就這樣讀一個人的身體
讀頭髮，是硯台裡的墨，用毛筆塗抹在頭上的裝飾
讀到眼睛，看不到海洋的深處，和碧藍的
顏色，只是一堵牆，空屋子，對面的那堵
再讀身子，一個肉體的石塊，毫無異常
長著兩個小小的乳頭，和一個伸出的生殖器，是石塊
上的擺設物
接著讀到那顆心，是空屋子裡掛著的一塊肉，撒上了
鹽，像一隻鞋掛著
最後讀到了精神，它是空洞的
跟空屋一樣空，什麼也沒有
只剩下飢餓，在空氣中消耗著細胞
屋子裡的身體，是一條狗和一隻瘋狂尋食的貓
身體的人，是這樣麼

出租廣告

小巷口的廣告，爬在樹杆上等候
膠布膏藥也能粘住。出租房屋
價格面談為宜，夏天有睡席冬天有棉被
床忽略不計，有木板
出租太陽，早上九點
曬台直接伴玩，年輕女人
出租愛情，有一個沙發。剛好
放下兩個屁股，本地人尺寸
如果一個人，出租孤獨
一個椅子。一個方桌。一個碗和一雙筷子
還有一把刀，品牌
廁所有一個鏡子
提供自慰器，一元一個月孤獨者專用
還出租精神瘋狂
地下室開放，名牌老鼠和地溝酒。奇味和夢幻
黑的自由元素，無電費要求
忘記自己更好，吸毒者不准進入。另加租金
廣告有效期，膏藥脫落為止

一條大大的狗和一條小小的狗

在公園裡，一條
大大的狗和一條小小的狗
在追逐玩耍
牠們也不分個大小高低

在公園旁的校園裡，一個
高高的老師正用手指罵一個
矮矮的學生
那學生低著頭，只看見一片黑髮

夜深的小吧

夜深的小吧很冷
只有一個人
他喝完最後一瓶酒
站起來，把一件大衣
披在椅子的肩上
出了門

墓地門前的那個長凳

一個長凳淒涼的等在墓地門前
黃昏有一個人躺在上面
夜深的時候他走進了墓地
留下了一雙舊鞋再沒有出來
第二天黃昏來了一個人
也躺在長凳上，夜深的時候
把那雙鞋套在自己的腳上
走進了墓地
長凳在等著，寒風呼呼地叫

饞食者

山鷹相信，一座山
就是一個墳墓的先祖
墳前的一個窩窩頭，就是
墳墓的兒子
這正如遺傳和血緣的自然公理

饞食者只記住了
食欲的天分，如果世道淒涼
他情願吃掉那個兒子，甚至
父親的墳墓也挖空

如果還有墓碑為證，「承業先祖」
就等燒紙人走過，世道只留得
骨成灰燼，紙錢滿天
山夜還是魂麼，孫子是一泡屎
饞食者才是人

一個雞蛋的哲學

雞蛋在人猿手上，一個寶石
如果落在油鍋裡，是早餐吃的太陽
西方人永恆的咖啡伴侶
只付兩塊錢。坐在餐廳裡
有錢無錢，兩塊錢的陽光燦爛

工仔把它從白天滷到黑夜
口袋裡的月亮
在路上。肚子裡的一塊肉，撐著子夜的光

土豪在想吃不吃它，不可能不吃
如果蛋殼成金，食欲如何
至於裡面，可以忽略無計

母雞也在尋找答案。因為有它
才有了屁股下的蛋。如果
它能變成金雞，吃者
有何快感。蛋會是什麼顏色

愛的不良情緒

情緒流暢在血液中，是村後墳地滲出的鞋味
老爹白骨的乾繭。到孫輩腳下，被遺傳
就這樣圍城。鑄窩。製造小人
她選擇不良情緒。愛上莊稼漢子，懷疑
田埂牛黃入體，泥垢的血
牛背上爬的蟲。毛主席的烙印習慣
今天大把錢放床下，臭鞋味也大款
床板變硬，養腰。情緒如何
是被遺傳，還是遺傳消失
有一種不良情緒蔓延，城市垃圾的
味道。明天還要變味，街頭，正流行卡拉OK

反覆想念春天

在夢中反覆想念春天，溫暖的棉被
還是冬天的小屋。伸出一個三月的頭
噴嚏。撒泡尿，八哥都不耐煩
流暢點好嗎。外面的雲打著咯噔
腦袋上的皺紋。黃河在天上
春天還落著口罩的雪片
謬論。在被面上種一片花
畫一個蝶，窗子是太陽防護的
眼鏡。陽光來了。開花呀
飛蝶呀。一群螞蟻爬過，還想念春天。只聽到
哥哥的打雷聲，細雨在哪
扛大米也在春天麼

膚色

皮膚為什麼要有顏色，還有
顏色的母親和她遺傳的情緒
黃色的把它漂白
西方的月亮是白的，晚上也說
是白的。傑克遜漂白黑色。精神想白
細胞想白。靈魂白麼
世界的黃昏風起，飛過幾隻蝗蟲
黃色。也叫煩惱
只有白色想著自己純淨
一張白白的紙，什麼都沒有蒼白的那樣

染髮

我的頭是圓圓的，頭髮
是密集的，摸著也是平滑的
不過，生出一些白髮
染髮師解釋說
象徵著風塵歲月
老房頂失修，需要改造
他把髮油抹在頭上
我感到萬分疼痛
突然，想起爺爺的忠告
化學毒品在穿過一個個毛髮細胞，流入大腦
爺爺少年白髮，三十歲已經老了
可惜，活了九十
他早就說過，染髮皮膚就會生癌

出國幾年，生活有些忽略
相信了染髮師的預言
雖然，鏡子裡的頭成了
「黑森林」蛋糕，甜蜜的有些西洋
可惜，癌細胞在頭皮上
踢起足球，一片混亂，有效地紊亂了情緒

我不得不確信，自己病得厲害
厲害的失眠和狂躁
確信有骯髒的蟲子，爬過身子上的地球
當頭上再長出叢草時，白了一大片
老房頂幾乎頹落

我不再相信染髮，我已經染髮中毒
我只能期待細胞擴散，我只能面對死亡
老婆南茜說
這是心理變態
西人哪個不染腦袋
哪個腦袋顏色一樣
哪個不是漂亮的耀眼

我說，這是中國人的說法
說法一旦天經地義，就成習慣，就是真理
染髮就叫危險，危險就是癌症
只能面對不測

最後的野菜

施工的推土機
又鏟平了一片農作地，它巴不得
把家園的春天也鏟走
地邊的老人挖起一棵野菜，歎了一口氣
本來就已經無家可歸的野草
明天還會有它嗎
看著，他的手心濕透了

情緒寫真

回到家，有了一種情緒
躺在沙發上聽下面在說
這麼高興，把我當搖籃了
洗個澡站在鏡子前，它譏笑說
光著屁股還臭美
我一笑看見了大學時的樣子
上了床睡在溫暖的棉被裡
一會兒自己竟然
站在林園的婚禮台上，是一棵挺拔的樹
她依戀著我，那麼漂亮，我發現
樹前面長出了一根枝，飛來了一隻鳥
我聽到牠在歌唱

高樓與平房之間

打開窗子，是摩天樓的眼睛
那麼高。一場糾結的爭吵，貸款。做愛。家庭。感情
一對難容的心。她伸出頭往下看，深淵
那麼瘦。走向狹窄的街道。街道的一角
小小的平房。一個母親的乳頭，剛放進嬰兒的嘴，嘻
嘻在笑
煙囪飄出一股熱氣，那麼白。是奶

節日的一條魚

　　老闆刮洗出燦爛的銀片
　　節日的魚。照顧自己，吃了有餘
　　節日的貓站在門口
　　想魚，太香。也要喜慶
　　釣魚者只想要快感
　　刺激是另一種做愛，缺乏遠見的意識
　　魚湯泛起白色，老闆喝的奶，補錢，補運氣
　　貓要補味道。釣魚者要補心情
　　因為過年，魚翻個身跳出鍋，要回大海
　　補自由。別以為水裡
　　看不見人家的眼淚

下班後的偶然

一步跨出公司門就摔倒
煩心變成鞋裡的一塊石子
買菜掉掉了十元錢
賣主拾起來說是他的，說瞎話
還睜著大大的眼睛
買塊豆腐，一條泥鰍鑽了進去
多可恨的東西
旁人說牠真幸運不是在
鍋裡。幸運的是
老婆不在家，喝了兩瓶酒
把黃色帶放進錄影機裡
她突然進來，我一慌張趕緊說
機子太破舊，連帶子都染「黃」了
老婆一愣想了半天
她說，已經深秋了，可不

豆腐的命運

潔白無味自然和溫柔的積木
一種純潔。也必須勞改
四川麻。上海甜
湖南辣。用醬油抹黑
熬煎。酷刑。揠苗助長
生出兒子一串
板豆腐。炸豆腐。醬豆腐
稀豆腐。還有
豆腐條。豆腐塊。豆腐渣
任人宰割。溫柔的性格，營養的內涵
中國的Cheese，變味。
素肉。雞乾。吞的維他命
咬的雞棕，吃的木頭，送人的磚頭，無名的垃圾
還在奇想豆腐的孫子
豆腐的重孫還活不活
有陽光，從窗子進來嗎

人心
──菜市場

人心一個菜市場
髒亂在口水之間尋找，叫維他命
豆芽是心的一瓣，專補成長的人
五元一兩打平沒有旺頭
筐裡的豆芽生成
瘦長的小心眼
魚老闆姓余誘來一雙鞋
長得古怪也說「洛陽紙貴」
敲一筆流行語「菜市場價」
買魚者還感恩，余笑成
睪丸皮的臉
維他命基地韭菜太躁。豆腐太白
魚味太腥。黃瓜太酸
未知補心的顏色
心堵請勿到菜市場，記住
起搏器專賣店

生活的哲學（短詩四首）

樹與風箏

一棵樹對一方土的依戀
並非孤獨，它從不相信
風箏，想要擁抱藍天的理想
會成為真正的成長

食鹽與糖

在食鹽裡找糖，是一條
蒼白的路，要想尋找甜蜜
只有親自品嘗

吸煙者的祈禱

點一隻香捏著祈禱
咽下苦澀，會吐出甘甜麼
你的肺早就黑了心

命運

你以為站在天秤的中間
可以逃避選擇，除非餓死
只要你不邁出一步

思想的瞬間（短詩四首）

人與鏡子

人看不見自己，是因為有鏡子這個名詞
如果沒有它，能看見自己的只有他（她）
他（她）是一面鏡子嗎

雪與牛奶

為什麼要用白色掩蓋雪無色的靈魂
難道牛奶的靈魂也是淨色
豆腐靈魂是佐料嗎

病與藥

人病了就求助於藥，誰給藥治病
副作用是治藥的偏方嗎
為什麼沒有藥的醫生

文字與一張紙

文字可以讀出一份愛
如果讀一張白紙，可以讀出恨麼
如果我用心讀

哦，我的加拿大

1 · 麵包

麵包裡夾著
奶香，媽媽的乳
童年的那間小屋

2 · 中國城

大街翻譯著方塊字
牌坊長的像啥
都說中國臉

3 · 楓葉

每年都穿花衣裳
男孩紅著臉，對媽媽說
這是秋裝的顏色

4 · 白雪

潔白的雲兒，怎麼
鋪在地上
一根枯枝落下
成了一條彎曲的小道

5 · 遠行

鞋子咬緊石塊
路的一個腫包，磨平了
前面有個小城

一隻陽光的蒼蠅

坐在夏天的園子裡，寫一首
美好的詩
一隻蒼蠅跳到詩行裡，站在
「陽光」兩字的下面
我用筆趕牠，劃成了一道彩虹
只見牠在上面，快樂地飛來飛去
興奮而歡唱著
我突然發現，陽光
照著地球的每一個角落
蒼蠅也有陽光的時候

笑聲

是花的臉
跳在小鳥的嘴上
是音符蕩起青春的乳房麼
飛落在花上的蝶
該是笑的酒窩

理由

愛喝白水的人說，白水可以清洗腸胃
愛喝肉湯的人說，肉湯可以滋補身子
愛喝啤酒的人說，啤酒可以改善情緒
愛吹牛皮的人說，吹牛皮可以發現自己的智慧
那個要喝老鼠藥的人說，這東西可以改變生命
還有一個不吃不喝的人說，如果這樣
可以變成一根木頭
有人問，不吃不喝的
木頭，為什麼還有力量，變成棟梁
那人回答，因為沒有腸胃
於是，很多人在想，如何把自己
變成一根木頭

鼠哥的選擇

聽說城市一棟昂貴的
摩天大樓建成，鼠哥第一個前來光臨
站在下面往上一看，又在
下水道裡簡單「視察」
牠揮手說到，給我免費住都不能要
一是樓層太高，出事故
上面的人無法脫身
我的上下安全，更是沒有保障
二是下水道太淺，我的
住房時刻面臨淹沒
銷售員問鼠想居住哪裡
鼠仰著頭說，我追求的
是天然環境和自然生態
鄉下的條件最好

媽媽的兒子和貓

剛搬進新房兩天，一開門兒子回來了
他說出去闖了幾天，生存太難
還得回來找媽媽
我說，不能一輩子
靠父母吧，都該成家的人了

話音剛落，門口來了一隻貓
牠往裡看看，又在門口逛逛
我趕緊叫來房東
他說這是前房客的貓，因為
主人說牠偷食，罵了牠
牠走了再沒回來，新房客來了
牠又回來了

這貓這麼可愛，我決定
接受牠，兒子聽了大叫起來
野貓你樂意接納，你兒子就讓他出去
我說，牠就像一個求職者
離開主人，自己奮鬥，尋找新的主人
而你，就像一隻懶貓

賴在家裡，我也只能
把你「趕」走啊

陽光給我洗臉

阿昆說他是一個孩子
就喜歡調皮
沒人敢否認
六十多很多的那年
因為調皮，朋友盯住他說
你的臉還那麼光滑
你的臉色還那麼滋潤
你的相貌還那麼那麼年輕
你到底咋搞的
他說，是這樣的
我把做過的事寫進了一本書
放在屁股下，坐在書上面
裡面那些蟲子爬小路的事
已經沒興趣了
只是坐在書台階上曬太陽
陽光每天過來
都給我洗臉

我決定一個月不洗澡

有序的生活
怎麼也讓人煩惱
我想出一個主意
一月不洗澡
不剪髮，不換衣褲
讓臉嘴隨風瀟灑
走在街上，有人盯著我看
女人說，真男人
拉碴的鬍子，哎呀，這個帥
男人說，看他的噱頭
再叼根煙，嗨啦
一個畫家說，可以做模特嗎
有位老人問
你不會是建築上打工的吧，辛苦了
只有小孩看明白
乞丐叔叔，我買了兩顆糖
咱們共同分享
真沒想到
我變成街頭別致的一景
理髮，洗澡，穿衣

不屑一顧的髒下去
才讓我奇跡，驚喜和感動
這叫作「今天時代」
最時髦的理由

那片溫柔的海

又失眠了
公司的那些事掛在鐘上
正好凌晨兩點
喝口冷水，撒泡尿
在床上翻來覆去
老婆翻個身，小聲說
壓力這麼大呀
嗯，睡不著覺
就這麼點事，總要睡好
進來吧，解解煩
哦，那是一片海，好溫柔
那魚游來游去，好舒暢
後來他睡得很甜
第二天工作煩不起來
腦子裡總蕩漾著
那片溫柔的海
他是一條暢游的魚

我走了你會怎麼做

那天，問起兒子
我走了你會怎麼做
他說，立碑於高山，讓它面對大海
那麼，夏曬冬寒和雜草叢生
你去看嗎
去啊，當然
你的兒子呢
他沒說話，盯著我
孫子呢
他搖了搖頭
我又問
螞蟻死了有人看嗎
這，當然不會
我拿出一張電腦複印紙
一張白淨的紙
複印之前是這樣的
什麼也沒有
人走了，就成了空白
不需要印製東西
還有許多螞蟻跟在後面

從來沒想過，就這樣
多簡單和乾淨

那天的蒙特利爾

我醒來的時候
看見蒙特利爾窗前的藍天
好藍，有一隻鳥飛著
喝了一杯咖啡
桌上的蘭花在春天裡
日曆上寫著「2017年1月8日」
我沒有套雪鞋
可想而知的心情
打開門，天怎麼白了
地也是白的，厚厚的雪糕
一條黑狗從身邊跑過，舔了舔嘴
變成了一條小路
我說，這是蒙特利爾麼
看看腳下，哦
原來，春天想來了
冬天還沒走

蒙特利爾接到一個電話

在睡夢中
接到一個電話，對方
說著一口法語
我說你在龍門巷子
還不講家鄉話
我正品味汽鍋雞
沒空和你搭腔
對方還在不停地說著
醒來，感覺唇角留著
雞湯的香味
聽了一下電話錄音
原來，有人打錯電話
還講了兩遍

一塊豆腐

吃飯也無法放下手機
螢幕，突然跳出
幾個字
「你要吃塊豆腐嗎」
他仔細看了看
手機正躺在
飯碗裡

收拾書房的女人

她在書房，收拾了半天
那些書，還是
亂七八糟，東倒西歪
這工錢該怎麼給
她說，不小心坐下來
聽了一堂爭辯課
各書各有理，知識有限
一時理不順
就算工錢付了學費
由您決定
多少給一點，就行

請手機告訴我

現在，沒人不相信
手機是最好的朋友
比如，女兒就只相信手機的資訊
那天，我介紹
詩王哥哥與她見面
女兒「哧嚓」，先拍了一張照片
對著手機喊叫
是他，我就是他的粉絲
還用嘴親了一下機屏
我說人家就在這裡
你怎麼不看眼前
她才抬起頭來，看了看哥哥
接著，又低下頭盯住照片
喊著，我的上帝
我親自見到你了，哥哥

夢遊

午夜
小白和狗狗大黑
踏雪進屋
我被驚醒
這是怎麼回事
小白看著我不說話
大黑看看他又看看我
也不明白
我問現在幾點
小白也問幾點了
大黑搖搖頭
走進了牠的窩裡

抱住詩的情懷

今天的詩歌
已經是寫的人比讀的多
消遣的比真情的多
自稱詩人的比不相信詩人的更多
用詩歌建個群
把它放到平台上有一個頭像
加上花邊，種上花草
配上音樂的，比熱心關注
耐心欣賞的，還要多
窗外風景美麗
多麼可愛
不談問題，不說閒話
不要批評，不需要腳跟落地
飄著最美妙
詩歌多好，浪漫多好
朗誦多好，抒情多好
表情多好，讚美多好
生活多麼美好

你也有明天

擁抱太陽
就是開窗簾那點事
天亮了，只等
你堅持一覺之後
克服肚子裡糾纏的一盤剩菜
鳥兒的夜晚
沒人知道牠夢裡
只想著一件事，天亮前的鳴唱
床上只有一種精神
睡與不睡，就算是盯好安眠藥
那個圓點
狗不希望有動靜
這樣明天會心情更好
你也有明天
就是開窗簾那點事
有陽光多好
記住擁抱太陽的時間
就在早上，七點

甜蜜的巧克力

送我一盒巧克力
每天吃一顆
從週一吃到週五
多麼甜蜜
週六
他把自己送來了
一塊巧克力糖塞進我的嘴裡
哦，是他溫柔的唇
比甜蜜更幸福

舉手

盯著海報裡的人看
一片歡騰
都舉著手高呼
那麼開心
我的兩隻手
慢慢地在舉起
一支火炬在伸開
多想高興
像他們一樣歡笑
背後有人說
你在幹嘛
我猛地轉過身
嚇了一跳
說沒幹什麼
那人盯著我的臉
你是他們的
俘虜嗎
我一頭是汗
只知道
點頭

當了作家以後
不再喜歡作家

他當了作家以後
不再喜歡作家
那些能幹的人
都是雕琢的泥巴
不能輕易晃動
難得抬頭
也很難低頭
只樂意讓人參觀
昨天，他在展覽館
盯著他們看
一條微信拉他進了
段子群
站在作家面前，讓他
大笑了一場
他當場宣誓決定
做一個段子群的
群主

六歲那年

在村子路邊
種了一棵小樹
因為早上的太陽
總照到那裡
我銘記著大人那句話
在陽光下長大
很多年後回去
只剩下一個樹根
我問誰見過樹的成長
它曾經有多旺盛
為什麼成了這樣
老人都記不清楚
年輕的沒人知道
我盯著樹根看
太陽還照著它
它一動不動地站著
就像沒有
死去

車裡的兩個員警

坐在警車裡
警車貼著「911」字樣
正好坐在公園裡
空白的小道好熱
花草留著汗
狗狗
牽著比牠還小的孩子
在跑，後面的
爸爸摟著一個媽媽
在笑
擁擠的倒是警車
連窗子都沒開
那麼酷
越啃越熱的渴
只有他們
丟出了幾塊西瓜皮
才知道

吧裡的公用廁所

男人
在吧裡廁所方便
總是充滿情緒
兩瓶酒下去，非要
流出三瓶的尿
像在給螞蟻洗澡
鏡子裡進來一個女人
不好意思
他的聲音從大到小
沒有關係
她的口氣從小變大
渠渠流水沒完沒了
她梳理的長髮
在波浪滾滾
抖了一下身子
他沒敢說是害羞
那女人笑出了聲
回過身，他就傻笑
點著頭說，你好
她也跟著說，不好意思
你好

站在鐵軌上
——寫給海子

站在鐵軌上，是一條長長的路，延伸到明天
建一個明天的窩，還聽到汽笛在趕路奔跑
坐在火車裡，看見一片城市
落腳在一個燈柱下，一束光也會照給人家
站在鐵軌上，海子偏偏只看到了眼前
一個井字。下面鋪滿白白的屍骨，一片深淵
投井自殺，他決定選擇躺在火車的下面
有人說，因為臥軌，才看到了他的自由心
自由心在臥軌後成了傳奇
可是，站在鐵軌上，明明看到的是一片原野
當列車飛過，看到的是，一把劈山開路的刀子
一聲鳴笛，聽到的是，太陽歌唱剛剛走過了藍天
站在鐵軌上，我還看到了兩根長長的脊梁
是一路成長的堅強，還有花草的歡唱
正湧來一群可愛的孩子
海子啊，就算你的詩能看穿入井的深淵
跳下去也是和太陽遠遠分離
站在鐵軌上，我真正看到的是生命，當夕陽落下
一片遠遠的燈火正在打開，做一盞小燈
會把小屋照亮，親愛的海子啊，小小的屋裡
可以裝滿你生活的全部詩篇

中國男人，請撿起丟掉的那瓶香水

我在中國做了二十餘年的男人
我不用香水，不是不用，我不知道香水
我只知道，香水不是男人用的
香水會沾汙了男人的味，如同
男人不能打扮，打扮了就不是男人
或者就是作風不好的男人
當我今天走在世界的都市裡
我知道了香水，知道了是男人應該用的
香水打造著男人的風韻，如同
讓男人頭抬得更高，抬得更有自信
或者說就是當今最酷的男人
我的中國男人請撿起丟掉的那瓶香水
如同撿起中國的男人，就勇敢地
灑落在出門前，聚會中和熱烈親吻之間
你有大海的味道，我就有藍天的香型
你是西方式的男士，我就是東方型的男人
中國男人請勇敢地撿起
那瓶被丟掉的香水

一個工仔，兩個雞蛋

我進城打工，身體瘦小，掙錢不多，小小的租屋
一個床剛好把我放下，縮在棉被裡的溫度
讓我感到自己的熱量
飢餓的肚子，想立刻吞下
剩下的兩個雞蛋。我突然想到
它們的生命，該比我更加可憐
如果把它們暖在懷裡，可能會生出
兩個生命。這該是我最後的熱量
也該是最後的希望
我情不自禁地，聽到了自己的笑聲
可是，當它們躺在我的懷裡，才發現
面對的付出難以克服。飢餓
讓我的熱量變得微弱。我不得不
把它們放進鍋裡，看見沸騰起來的開水
我掉下了眼淚，向著它們恭敬地低下了頭
當我剝去它們的殼，一口吞進口裡的時候
我才明白，因為飢餓決定了我的選擇

我一直夢想著孤島的生活

我一直在夢想著孤島的生活
嚮往一個人的世界，於是我折疊一個孤島
再折疊一間小屋獨自站立在大海的中間
島上只有一棵小樹，象徵著我要扎根的決心
折疊起我的睡房，不需要很大，只是肅靜而安逸
睡房裡只有一個床，一個桌子一個筆，一疊紙，還有
一個杯子
因為我要寫下我的生活，有時激情之下需要喝水
不過，我想把床折疊的大些，可能大些更好
接著，折疊我的廚房，那裡只需要一個鍋，一個碗，
還有一雙筷子
不過，我想折疊出兩個酒杯，不知道為什麼，或許
獨自舉杯的時候會更加浪漫
我不需要折疊廁所，因為孤島上沒有別人，方便時
能在月亮下自由自在，我感到自由
然後，我要折疊一隻小船，就靠在孤島的邊上
我需要打魚，還需要遊玩，孤島的生活也需要有自己
的笑臉
折疊到最後，我感到幾分苦惱
擔心起一個人的生活會不會感到寂寞

我在那棵小樹上掛起了一個飄帶，上面寫著「如果這裡有一個人」
為了方便有人的到來，我悄悄地
折疊了一個虛掩的門，輕輕一推，就能進入
我對孤島生活變得更加期待，可惜第一個夜晚做夢，沒有做到
孤島的快樂生活，倒是夢見美人魚從水中走出
當我興奮地醒驚時發現自己尿濕了一床
我的孤島生活就這樣開始

散文詩三首

書信

　　用一張信紙，一支鋼筆，和孩提的心塗寫，這是我和老父親唯一的書信。電腦和微信離他太遠，離我與他也太遠。桌上的一瓶墨水，就放在我的心中，在洋朋友異樣的眼神裡，這是我和父親的祕密。

　　我寫春暖的花，一年再一年。母親說又熬過一個冬天。那夜裡，我折疊起溫暖的心悄悄放在信封裡，把您的名字寫在正中，自己的家留在上角，在遙遠的地方想您。當信原封不動又回到家，上面塗改著「查無此人」的時候，我知道這是一個註定的時刻。

　　一瓶墨水和一支鋼筆，堅定的站在電腦前。我不敢移動它們，那瓶子是留給父親的全部熱血，那支筆是熱血孩子的身軀。等待風乾的一日，是思念的豐碑，我心中永遠的古董。

被單

　　如果有一張紀念的地圖，媽媽送的被單畫滿了老家的景色。村頭樹枝上的鳥窩，剛剛跳出一對燕子，被爺爺家的炊煙帶走，像姐姐頭上的辮子。山間的花草開放著，棕黃的蝴蝶像幾片葉子，飄過路邊。我，蓋著它，在北往，一條雪白的路上。

　　脫掉沉重的靴子，鑽進如夢的小屋，那天，我悄悄地回到了老家。變成了故鄉的一片山巒，身上長滿了春天的景色。我聽見鳥語花香的爭豔，早晨的太陽已經照滿了大地。一興奮我醒來鑽出被單，面對鏡子發現，一隻鳥剛從花中伸出。哦，我是老家的山，還是山上的鳥。

照片

　　母親的夢做的多有趣，說我又長大了，越長越像外國
人，一笑就有點西方味。我趕快在鏡裡看自己，越看越像她的
模樣，我說是母親想念過了頭，趕快拍下一張照片，把歡笑的
臉打開。把它放進信封裡，飛一段天空，坐一段汽車，行一段
路程，哦，留住喜悅的心情，沒閉一下雙眼。當母親打開信封
時，我說，母親您好，看看孩子的模樣。母親睜大眼，只見我
在笑，喊出聲來，孩兒我們見面了。

後記

　　詩歌，在我生活的精神世界中一直是一片奇夢的沙灘，如同孩提撿拾小小的貝殼，給我生命賦予了一生的浪漫，我想這樣說，不是我離不開詩歌，而是我的生性在詩歌中成長。這裡，我要特別感謝親愛的母親，送我走上這奇妙的情結之路。

　　這本詩集，記錄了我詩歌創作過程中最重要的作品，可以從集子中讀出個人鮮明的「個性」和風格。我的詩歌，從早期純粹表達海外新生活的感受，逐步走向對深入思考生活本質的跨越，已經形成詩歌成長的兩個階段，當我再次整理這些詩稿時，為自己近年來付出的內心思考和勇氣感到欣慰。

　　加拿大魁北克這塊土地，讓我在自由的環境中，真實自然地表達自己的精神世界。我要感謝祖國和母語締造了我們的文化心靈，延承著永恆的愛慕；感謝Javier Etchegoyen，留給我生命摯愛的感動；感謝我的孩子鄭南雲子和鄭曉川洋對父親寫作的熱情支持；感謝華裔文化學者吳鵬飛和文友們的一貫支持；特別感謝台灣秀威資訊出版社選稿的極大開放和寬容，提供了一個優質的出版環境。感謝所有親愛的讀者們。

鄭南川

186 　墮落的褲襠

語言文學類　PG1790　秀詩人15

墮落的褲襠
——鄭南川詩歌

作　　者／鄭南川
責任編輯／林世玲
圖文排版／楊家齊
封面設計／蔡瑋筠

發　行　人／宋政坤
法律顧問／毛國樑　律師
出版發行／秀威資訊科技股份有限公司
　　　　　114台北市內湖區瑞光路76巷65號1樓
　　　　　電話：+886-2-2796-3638　傳真：+886-2-2796-1377
　　　　　http://www.showwe.com.tw
劃撥帳號／19563868　戶名：秀威資訊科技股份有限公司
　　　　　讀者服務信箱：service@showwe.com.tw
展售門市／國家書店（松江門市）
　　　　　104台北市中山區松江路209號1樓
　　　　　電話：+886-2-2518-0207　傳真：+886-2-2518-0778
網路訂購／秀威網路書店：http://store.showwe.tw
　　　　　國家網路書店：http://www.govbooks.com.tw

2017年9月　BOD一版
定價：240元
版權所有　翻印必究
本書如有缺頁、破損或裝訂錯誤，請寄回更換

國家圖書館出版品預行編目

堕落的褲襠：鄭南川詩歌 / 鄭南川著. -- 一版. --
-- 臺北市：秀威資訊科技, 2017.09
　　面；　公分. -- (語言文學類；PG1790) (秀
詩人；15)
　ISBN 978-986-326-457-6(平裝)

851.486　　　　　　　　　106014418

讀者回函卡

感謝您購買本書,為提升服務品質,請填妥以下資料,將讀者回函卡直接寄回或傳真本公司,收到您的寶貴意見後,我們會收藏記錄及檢討,謝謝!
如您需要了解本公司最新出版書目、購書優惠或企劃活動,歡迎您上網查詢或下載相關資料:http:// www.showwe.com.tw

您購買的書名:＿＿＿＿＿＿＿＿＿＿＿＿＿＿＿＿＿＿＿＿＿＿

出生日期:＿＿＿＿＿年＿＿＿＿＿月＿＿＿＿＿日

學歷:□高中 (含) 以下　　□大專　　□研究所 (含) 以上

職業:□製造業　□金融業　□資訊業　□軍警　□傳播業　□自由業
　　　□服務業　□公務員　□教職　　□學生　□家管　　□其它＿＿＿＿

購書地點:□網路書店　□實體書店　□書展　□郵購　□贈閱　□其他

您從何得知本書的消息?

　　□網路書店　□實體書店　□網路搜尋　□電子報　□書訊　□雜誌

　　□傳播媒體　□親友推薦　□網站推薦　□部落格　□其他＿＿＿＿＿＿

您對本書的評價:(請填代號　1.非常滿意　2.滿意　3.尚可　4.再改進)

　　封面設計＿＿＿　版面編排＿＿＿　內容＿＿＿　文／譯筆＿＿＿　價格＿＿＿

讀完書後您覺得:

　　□很有收穫　□有收穫　□收穫不多　□沒收穫

對我們的建議:＿＿＿＿＿＿＿＿＿＿＿＿＿＿＿＿＿＿＿＿＿＿＿

＿＿＿＿＿＿＿＿＿＿＿＿＿＿＿＿＿＿＿＿＿＿＿＿＿＿＿＿＿＿

＿＿＿＿＿＿＿＿＿＿＿＿＿＿＿＿＿＿＿＿＿＿＿＿＿＿＿＿＿＿

＿＿＿＿＿＿＿＿＿＿＿＿＿＿＿＿＿＿＿＿＿＿＿＿＿＿＿＿＿＿

11466
台北市內湖區瑞光路 76 巷 65 號 1 樓
秀威資訊科技股份有限公司　　　收
BOD 數位出版事業部

・・・

（請沿線對折寄回，謝謝！）

姓　　名：＿＿＿＿＿＿＿＿　年齡：＿＿＿＿　性別：□女　□男

郵遞區號：□□□□□

地　　址：＿＿＿＿＿＿＿＿＿＿＿＿＿＿＿＿＿＿＿＿＿＿

聯絡電話：(日) ＿＿＿＿＿＿＿＿＿＿　(夜) ＿＿＿＿＿＿＿＿＿＿

E-mail：＿＿＿＿＿＿＿＿＿＿＿＿＿＿＿＿＿＿＿＿＿＿